El marqués de la Malaventura

Editorial Bambú es un sello
de Editorial Casals, S. A.

© 2007, Elisa Ramón para el texto
© 2007, Montserrat Batet para las ilustraciones

© 2007, Editorial Casals, S. A.
Casp, 79. 08013 Barcelona
Tel. 902 107 007
www.editorialbambu.com

Diseño de la colección: Miquel Puig

Primera edición: febrero de 2007
ISBN: 978-84-8343-018-7
Depósito legal: B-4078-2007
Printed in Spain
Impreso en Índice, S. L.
Fluvià, 81-87. 08019 Barcelona

EL MARQUÉS DE LA MALAVENTURA

Elisa Ramón
texto

Montserrat Batet
ilustraciones

bam bú

EDITORIAL

El marqués de la Malaventura vivía en el castillo familiar. En él había vivido su padre, su abuelo, el bisabuelo y así hasta perder la cuenta de sus antepasados.

Además del castillo, el marqués había heredado una enorme fortuna. Eso le permitía vivir sin trabajar y dedicarse a la caza, su gran afición.

De sus viajes por todo el mundo, el marqués consiguió una fantástica colección de animales de todas las especies. Muertos y disecados los había por todas partes de la mansión. En las paredes, en los suelos y sobre los hogares.

A pesar de su magnífica colección, al
marqués le faltaba un rinoceronte negro.

El rinoceronte negro era una especie protegida y su caza estaba prohibida, pero esto al marqués tanto le daba y no renunciaba a conseguir uno. Así que hizo el equipaje y embarcó hacia África.

Durante el viaje, el marqués se sentía feliz porque estaba seguro de cazar una buena pieza. Pero no contaba con el loro del capitán.

Este peculiar animal era un pájaro muy curioso y espabilado, que no paraba de revolotear de babor a estribor y de proa a popa.

De todos los pasajeros el marqués es el que le daba más mala espina. Sospechaba de él y no le perdía de vista. Le daba en la nariz que el viaje del marqués no era turístico y, por eso, volaba por encima de su cabeza y le espiaba por el ojo de buey. Curioseando y barruntando descubrió las intenciones del marqués y se le erizaron las plumas.

Cuando el barco atracó en el puerto, el loro voló tierra adentro varios kilómetros y divulgó la noticia entre sus parientes de la selva, que le escuchaban aturullados. Luego regresó al barco porque tenía que zarpar hacia la Patagonia y ya se retrasaba.

Los loros de la selva, todavía sobrecogidos por la noticia, alertaron al rinoceronte.

El rinoceronte sintió un momento de pánico. Luego pidió ayuda a su amigo el hipopótamo.

El hipopótamo conocía las leyes de protección a los animales en peligro de extinción y le dijo para consolarle:

–Tranquilo, este marqués no se atreverá a tocarte ni un pelo.

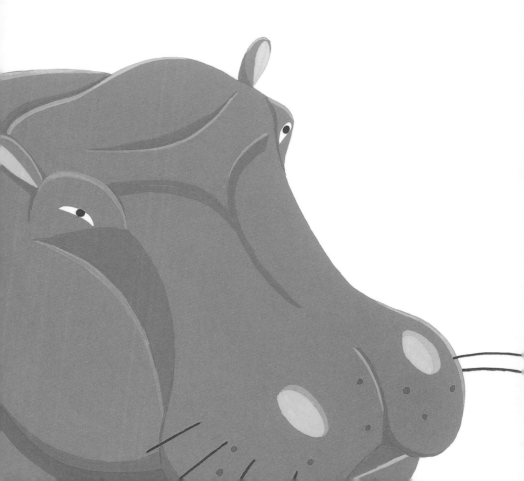

—Eso no te lo crees ni tú —replicó el rinoceronte un poco tembloroso.

–No –reconoció el hipopótamo al cabo de un rato–. Pero me gustaría que fuera así.

El hipopótamo le ofreció refugio bajo el agua, pero el rinoceronte no sabía bucear. Y, aunque morir ahogado y morir de un disparo son cosas distintas, las dos conducen a la muerte, justo lo que querían evitar.

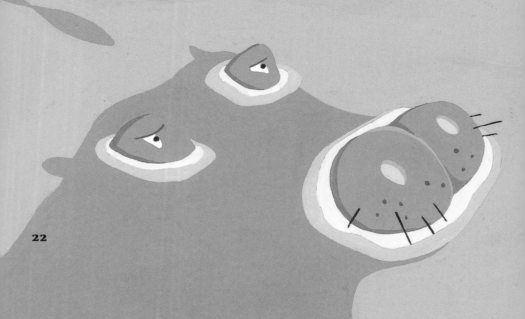

Sus otros mejores amigos, los macacos, lo invitaron a ocultarse en lo alto de un árbol hasta que pasara el peligro.

Con mucho trabajo y esfuerzo, el rinoceronte consiguió encaramarse a la copa desde donde vio la polvareda que levantaba el todoterreno del marqués por los caminos de tierra.

26

El marqués aparcó el coche a la sombra de una acacia y bajó cargado con el rifle. A su alrededor el silencio era absoluto, como si el mundo se hubiera parado. Ni siquiera se oía el piar de los pájaros. Prestando muchísima atención podía oírse el viento entre las hojas de los árboles, pero poco más.

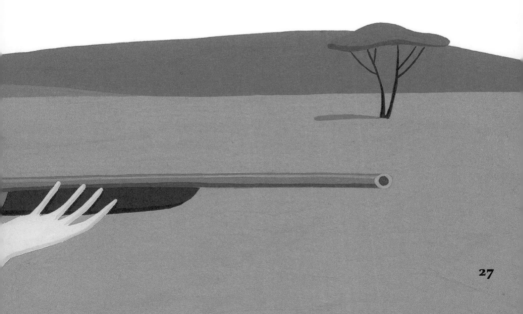

El marqués miraba a todos lados, sorprendido por tanto silencio. Cuando miró hacia arriba, un golpe de viento separó las hojas del árbol que protegían al rinoceronte.

El rinoceronte, quieto como un pasmarote, quedó al descubierto.

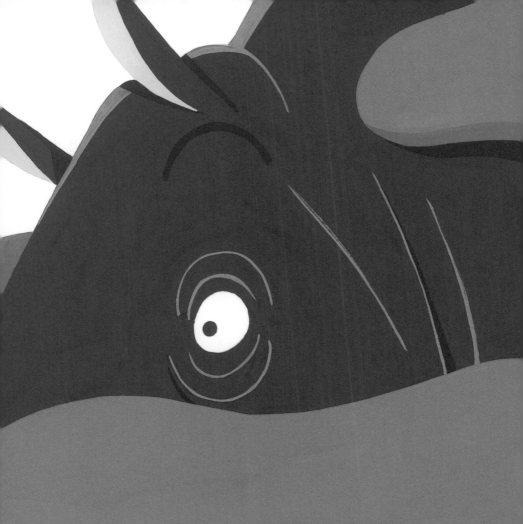

Lo que sucedió a continuación ocurrió muy rápido, casi a un mismo tiempo.

El marqués apuntó con su rifle al rinoceronte...

El viento sopló con más fuerza agitando el árbol...

Al rinoceronte le entró un tembleque des-
comunal, perdió el equilibrio y cayó encima
del marqués...

La escopeta se disparó...

Una nube de pájaros, aleteando como locos, salió de su escondite.

Los macacos, asustados, empezaron a chillar a grito pelado...

Y entre tanto alboroto, el rinoceronte, aunque aturdido por el porrazo, consiguió huir y escurrirse entre los matorrales. Eso sí, anduvo cojo durante un tiempo.

El marqués salió bastante mal parado, ya que quedó aplastado contra el suelo y apenas le quedó un solo hueso sano. Lo socorrió un pigmeo que pastoreaba un rebaño de cabras y se lo llevó a la aldea.

Durante cinco noches y cinco días, el brujo de la tribu bailó en su honor invocando a todos los buenos espíritus de sus antepasados para salvarle la vida.

Al cabo de este tiempo, el marqués recuperó la salud, pero, debido al accidente, quedó reducido al tamaño de sus anfitriones. Y, además, su memoria quedó maltrecha. Por ejemplo, se recordaba más alto, que le gustaba el batido de coco y cantar bajo la ducha. Y ya está.

Pero, por si acaso volvía a las andadas con el rinoceronte africano, los pigmeos no le permitieron ni una tontería.

Le explicaron que los animales no eran un trofeo ni propiedad de nadie. Estaban allí para mantener el equilibrio de la Tierra y que sin ellos el hombre se extinguiría.

Al marqués le costó entenderlo, pero con
el tiempo comprendió que era así.

Comprendió muchas cosas más. Por ejemplo, que se podía vivir con poca cosa. También aprendió a participar en las tareas de la tribu y a ser generoso. Le gustaba estar con los pigmeos y quiso quedarse con ellos.

El Consejo de los Ancianos deliberó la petición durante dos días. Al final decidió aceptarlo. A partir de entonces le llamaron Pigmeo Pálido.

Pigmeo Pálido vivió en la tribu como uno más. Colaboraba en lo que hiciera falta, aunque lo que más le gustaba era tejer sombreros con las hojas de palma.

Y así, su vida transcurrió feliz hasta el final de sus días.